Mutig hin und blutig Heim

Mudau Krimi

Sören Strahlsund

Sören Strahlsund

Mutig hin und blutig Heim

Krimi

Impressum

Bibliografische Information der Deutschen
Nationalbibliothek:
Die Deutsche Nationalbibliothek verzeichnet diese
Publikation in der Deutschen Nationalbibliografie;
detaillierte bibliografische Daten sind im Internet über
http://dnb.dnb.de abrufbar.

© 2021 Sören Strahlsund

Herstellung und Verlag: BoD – Books on Demand,
Norderstedt

ISBN: 978-3-7526-0380-4

Mudau

Neckar-Odenwald-Kreis

Vorwort

Mudau eine kleine Gemeinde im Odenwald.

Auf den ersten Blick unterscheidet dieser Ort sich in nichts oder zumindest in nicht viel von anderen kleinen Dörfern.

Aber ist dem wirklich so?

Erfahren Sie es.

Reale Orte und wirkliche Ereignisse eingehüllt in eine Story mit fiktiven Personen und erfundenen Fällen.

Tauchen Sie ein in eine Geschichte aus Realität und Fantasie, erfahren sie Dinge, die sie eventuell noch nicht wussten.

Vergleichen Sie die Denkweisen und Ansichten der Figuren mit ihren eigenen.

Prolog

Da stand sie nun in der Warteschlange zum Autoverleih am Frankfurter Flughafen und wusste nicht, ob sie sich freuen sollte bald wieder in ihrer Heimat zu sein oder nicht.

Ihr Name war Isabel Ludebühl und sie mochte es überhaupt nicht einen ungeklärten Fall zurückzulassen. Noch vor wenigen Stunden war sie die Leiterin der Außenstelle des FBI in New York gewesen und unterstütze das New York City Police Department bei der Ermittlung eines Serienmörders.

Sie mochte ihren Job und war mit einem medizinischen, einem psychologischen und einem kriminologischem Studienabschluss, mehr als nur geeignet für ihren Beruf.

Sie war ein echtes Wunderkind mit einer fast hundertprozentigen Ermittlungsquote.

So kam es auch, dass sie bei einem Fortbildungskurs in den USA sofort vom FBI angeworben wurde.

Schon öfters wurde sie von Tätern bedroht. Aber ihr letzter Fall war anders,

sie bekam Post vom Täter. Er warf ihr vor, sie würde ihn verhöhnen, er wäre nur ein Nachahmungstäter, der übliche Möchtegern Jack the Ripper, wie bereits viele vor ihm. In der Tat hatten seine Morde große Ähnlichkeiten mit denen des englischen Serienmörders. Jedoch hatte sie dies nie in der Öffentlichkeit erwähnt. Was in der Kombination mit der Tatsache, dass der Mörder nun bereits dreimal ihre Wohnung ausfindig gemacht hatte. Sie war in den letzten zwei Monaten dreimal umgezogen, trotzdem hat der Mörder bereits dreimal ihre Wohnung ausfindig gemacht.

Es dauerte jedes Mal nur wenige Tage und sie hatte Post vom Täter und einige Male auch Miniaturfläschchen mit dem Blut der Opfer, die dann stets im Kühlschrank standen. Man musste davon ausgehen, dass es einen Feind in den eigenen Reihen gab, zudem man in sämtlichen Wohnungen, wie auch an ihrem Arbeitsplatz Wanzen fand, sie wurde auch abgehört. Es war jedoch nicht möglich zusagen, wo der Feind war, war er vom Police Department, wo sie ihren festen Arbeitsplatz hatte oder war er vom FBI in beiden Fällen könnten dutzende von Menschen infrage kommen. Der Führungsstab des FBI in Washington hielt es für das beste sie erst einmal, außer Landes zu schaffen.

Es waren nur wenige Telefonate nötig, um ihr eine vorübergehende Anstellung beim LKA in Stuttgart zu vermitteln, was angesichts ihrer Erfolge und ihrer Ausbildung auch nicht verwunderlich war.

Ohne Probleme hätte sie auch zum BKA oder jedem anderen LKA können. Aber, wenn sie schon gehen musste dann in ihre alte Heimat.

Kapitel 1

Heimkehr

Da stand sie nun, noch etwas im Gedanken versunken, als endlich ihr Name aufgerufen wurde. Es war so weit ihr Leihwagen stand bereit, ein Volvo S90 mit allem was ein Autofan sich erträumte. Eine kurze Übergabe und schon war sie unterwegs in Richtung Heimat. Rauf auf die A3 in Richtung Würzburg bis zur Abfahrt Aschaffenburg, dann auf die Kraftfahrstraße Richtung Amorbach, in ihrer Jugend bezeichnete man diese Strecke als „Langes Handtuch", sie wusste nicht, ob das noch immer so war, aber bereits jetzt bemerkte sie, dass es seit ihrer Abreise vor 20 Jahren einige Veränderungen gab.

Die Kraftfahrstraße war nun länger und die Unterbrechungen die früher da waren wahren nun geschlossen.

Auch die Strecke zwischen Amorbach und Mudau war nun bestens ausgebaut. Aber irgendetwas war noch anders, schon seit sie an Obernburg vorbeigekommen war, merkte sie, dass etwas am Horizont fehlt, aber erst als sie wenige Meter vor Mudau war blickte sie nach rechts in Richtung Donebach und es lief ihr ein kalter Schauer über den Rücken, die Türme waren weg.

Die Sendetürme in Donebach, wunder der Technik die heimlichen Wahrzeichen von Mudau. Sicher sie rechnete mit einigen Veränderungen, aber damit hätte sie niemals gerechnet. Sie freute sich auf ihre Wohnung, in eine Pension oder ein Hotel wollte sie nicht, aber es gelang dem LKA eine Wohnung für sie in einem alten Mudauer Haus anzumieten.

Das Waldbauernhaus, das erste Haus auf der linken Seite der Neuhofstraße.

Fährt man in Mudau Richtung Schloßau so fährt man direkt darauf zu.

In ihrer Jugend war sie einige Male bei Freunden, die da wohnten zu Besuch, von daher kannte sie das Haus. Sie selbst wohnte damals in der Pfarrer Ackermann Str. in einen typischen „Neue Heimat Haus" wie es sie früher häufig gab.

Sie wollte sich die nächsten Tage erst einmal etwas im Ort umsehen, herausfinden was neu war und was noch so war wie sie es in Erinnerung hatte.

Man hatte ihr noch einige Tage freigegeben und wenn sie ehrlich zu sich selbst war benötigte sie die Zeit auch. Nicht weil sie Angst vor dem Täter hatte, sie wollte und konnte nicht glauben, dass es ein Kollege war.

Sicher das Profil, das sie vom Mörder gemacht hatte, passte auf viele Gesetzeshüter, den fast jeder Polizist und jeder FBI Agent hatte, ein gewisses Geltungsbedürftig und ein gewisses Maß an Gewaltbereitschaft. Aber sie glaubte nicht an den Verrat in den eigenen Reihen, Kollegen hätten sie nicht mittels Wanzen abhören müssen.

Isabel wusste gar nicht wie richtig und gleichzeitig auch falsch sie damit lag, es gab noch eine dritte Variable, die Wanzen waren weder von Kollegen noch vom Mörder. Auch hatte man nicht alle gefunden, er war ein Profi. War das nun gut oder schlecht für sie, das würde erst die Zukunft zeigen.

Kapitel 2

Die Nachricht

Es war Isabels zweiter Tag in Mudau, sie saß auf dem Balkon. Freute sich über die Aussicht, sie hatte die obere Wohnung auf der linken Seite. Eigentlich ein schlechter Platz den sie wäre ein gutes Ziel für jeden halbwegs guten Schützen.

Aber daran dachte sie in diesem Moment nicht, ohnehin würde der Täter sie niemals erschießen, er brauchte den persönlichen Kontakt zu den Opfern.

Der Kaffee duftete herrlich, sie hatte morgens schon eine kleine Ortsrunde gedreht und Brötchen geholt. Vier Bäcker gab es früher in Mudau.

Von denen nur noch einer übrig war, ein Zweiter wurde nun von einem Bäcker aus Schloßau beliefert. Es hatte sich viel verändert. Nach dem Frühstück wollte sie den Ort noch weiter erkunden, aber nun genoss sie erst einmal ihr leckeres Frühstück sie hatte sich ein leckeres Spiegelei mit Käse gemacht. Es war fast wie damals in ihrer Jugend, ohnehin fühlte sie sich aber nicht wie 45 und man sah ihr die 45 Jahre auch nicht an. Da saß sie nun trank andächtig ihren Kaffee und schaute die Schloßauer Str. hinab, direkt auf das Busunternehmen, mit dem sie in ihrer Kindheit viele Schulausflüge erlebte. Ein gerade davonfahrender Bus erinnerte sie daran, dass sie auch noch etwas vorhatte. Die Sendetürme gingen ihr nicht aus dem Kopf, sie musste einfach nach Donebach, um zu sehen, ob noch etwas übrig war.

Sie räumte das Geschirr in den Geschirrspüler und war glücklich über die Erfindung der Geschirrspülmaschine, in ihrer Kindheit war sie der Geschirrspüler.

Nur wenige Minuten später war sie in Donebach. Auf der Fahrt hatte, sie entdeckt das, Mudau nun einen Golfplatz hat. Einen Golfplatz in Mudau das hatte sie sich ebenso wenig vorstellen können, wie dass man die Sendetürme abreißen würde.

Nun stand sie auf der Fläche, auf der die beiden Sendetürme einmal standen, früher waren es sogar mal 3 Türme, allerdings waren diese nicht so hoch.

Alles, was noch übrig wahr waren die Fundamente der Türme, die Fundamente in der die mächtigen Drahtseile verankert waren, mit denen die Türme stabilisiert waren und die Mess- bzw. Schaltstation.

Sie konnte nicht wissen das nur wenige Minuten vor ihr, jemand anderes da war der über das Fehlen der Türme genauso entsetzt war wie sie. Sein Name ist Robert Cushman, er kam am selben Tag wie Isabel nach Deutschland, sein Schicksal war unweigerlich mit dem ihren verknüpft.

Aber von all dem wusste Isabel noch nichts, sie saß bereits wieder in ihrer Wohnung und gönnte sich ein Bier. Gerade dachte sie darüber nach einem langen Bade zu nehmen als ihr Telefon klingelte. Es war Jack Timber, der Chief des New York City Police Departments. Isabel merkte es sofort das etwas Schlimmes passiert sein muss. Jacks Stimme zitterte, das hatte sie noch nie erlebt. Isabel sagte er bitte setzt dich, falls du nicht sitzt, ich habe eine schlechte Nachricht.

Sam ist, nachdem er dich zum Flughafen gebracht hat nicht zurückgekommen, wir dachten erst er wäre in einer Kneipe versackt, du weißt er mochte dich sehr.

Aber auch am Abend war er nicht zu erreichen und als er am folgenden Morgen nicht zum Dienst kam und auch nicht ans Telefon ging, sind wir zu ihm gefahren.

Deine Kollegen vom FBI hatten ihn bereits unter Verdacht, weil er dir ja am nächsten war und ja wir alle wussten auch, dass er mal einen Korb von dir bekommen hat. Sie merkte das Jack Mühe hatte die Tränen zu unterdrücken, was ist passiert Jack, was ist mit Sam?

Wir merkten gleich etwas stimmt nicht als wir an seiner Wohnung ankamen, antwortete Jack. Die Tür war nicht richtig ins Schloss gezogen, wir gingen hinein, noch bevor wir etwas sahen, hatte ich bereits den Geruch von Blut in der Nase.

Du kennst das diesen Eisen Geruch.

Ja, sie kennt den Geruch, sie selbst hat den Begriff der Geruch des frischen Tatorts erfunden.

Isabel er hat ihn gefoltert, seine Finger sind gebrochen, er hat ihm Zähne gezogen und sein Brustkorb ist geöffnet worden. Sie hörte, wie Jack weinte und fühlte sich schlecht, weil sie es nicht konnte. Jack war lange nicht im Einsatz, für sie war es schon Gewohnheit. Was jedoch nicht heißt, dass es ihr nicht nahe ging. Jack hab ihr Apfelessig gefunden? Was wieso Apfelessig Jack war sichtlich überfordert. Jack ich muss es wissen, war da Apfelessig am Tatort fragte Isabel noch mal. Nun hörte sie Jack wie er durchs Büro brüllte „war an dem scheiß Tatort scheiß Apfelessig" sie hörte noch ein Ja direkt neben der Leiche und kam sich unheimlich schlecht vor, dass sie das in dieser Situation gefragt hat. Da kam schon ein sorry es tut mir leid Isabel, ich bin etwas überspannt von Jack.

Nein, mir tut es leid sagte Isabel, wir müssen das Schwein kriegen Jack.

Er hat Blut von Sam mit dem Apfelessig verhindert er die Gerinnung des Blutes.

Sicher werde ich bald Post bekommen. Jack ihr könnt aufhören in zu jagen, ich denke, er ist auf dem Weg hierher, Sam wusste, wo ich hingehe darum die Folter. Nein, wir werden alle Flughäfen benachrichtigen und alle Flüge nach Deutschland überwachen, wir werden nicht aufhören, bis wir ihn haben, pass auf dich auf Isabel. Sie beendete das Telefonat und nahm erst einmal einen großen Schluck Bier, ein Schnaps wäre ihr gerade lieber gewesen, aber leider hatte sie nur Bier. Es ärgerte sie ungemein, dass es nicht einmal in den entferntesten Anhaltspunkten zur Identität des Täters gab. Nicht einmal hatte er Fingerabdrücke hinterlassen, was einerseits dafür sprach, dass er äußerst professionell vorging und anderer seit's vermuten ließ das seine Fingerabdrücke bereits erfasst waren.

Mittlerweile war es spät geworden und bereits die dritte Bierflasche hatte ihren Inhalt verloren. Es war Zeit schlafen zu gehen, sie hatte viel zu tun am nächsten Tag.

Kapitel 3

LKA

4:30 Uhr sie lag im Bett und schaute aus dem Fenster, es war Vollmond. Ihr Verstand arbeitete auf Hochtouren, an Schlaf war nicht zu denken. Die Kaffeemaschine lief, während Isabel unter der Dusche stand und eine Dusche genoss, die die meisten Leute erstarren Liese. Aber es war genau das, was sie brauchte. Isabel war nicht die Frau, die morgens stundenlang im Bad brauchte und das, obwohl sie immer äußerst gepflegt und wirklich hübsch aussah. Lediglich 20 Minuten nach dem sie aufgestanden war, saß sie perfekt gestylt mit einer Tasse Kaffee hinter ihrem Laptop.

Ihre Freunde und Kollegen beim FBI und dem New York City Police Department konnten sich über Massen von E-Mails freuen, sie forderte sämtlich Unterlagen zum Fall an und leitete diese auch direkt an das Landeskriminalamt weiter. Ja, das Landeskriminalamt kurz LKA so sehr sie sich auch freute hier zu sein wurde ihre Freude nicht nur durch die neusten Entwicklungen gedrückt. Es waren ihre alten Kollegen, den von hier kam sie einst, aber sie hatte nicht nur Freunde beim LKA. Manche waren böse, weil sie ging, andere eifersüchtig, weil sie nicht beim FBI genommen wurden. Und nun würde man ihr vermutlich sagen sie dürfe nicht ermitteln, weil sie persönlich betroffen wäre. Es dauerte nicht lange, um 8:00 Uhr kam der Anruf aus Stuttgart, ihr Chef hatte für 13:00 Uhr eine Sitzung angesetzt. Ebenso hatte man die Streifenfahrten erhöht, von 0 auf alle halbe Stunde.

Das war mehr als unbedacht, es würde sie nicht wirklich schützen und die Bevölkerung nur unnötig verunsichern außerdem wäre es faktisch unmöglich so den Täter zu fassen.

Glücklicherweise gelang es ihr ihren Kollegen vom LKA diesen Unsinn direkt am Telefon wieder auszureden. Sie sortierte ihre Unterlagen und machte sich noch einige Notizen. Sie wollte nicht ohne ordentliche Vorbereitung vor ihren alten Kollegen erscheinen.

Die Wahrscheinlichkeit, dass er ihr nach Deutschland folgen würde, war durchaus groß aber keineswegs sicher. Es war für ihn ein vollkommen neues Jagdgebiet, in New York reichte es, wenn er es schaffte ein Opfer nur 5 m Meter von einer Hauptstr. In eine kleine Gasse zu locken und schon würde sich niemand mehr für Schreie oder Schüsse interessieren.

Das war hierauf dem Land ganz anders zudem er hier nicht in der Masse verschwinden konnte, es wäre sehr viel schwieriger anonym zu bleiben. Von den sprach Schwierigkeiten ganz abgesehen.

Isabel schaute auf die Uhr es war schon 10 Uhr vorbei, sie wollte frühzeitig in Stuttgart sein.

Die kurze Nacht machte sich nun doch etwas bemerkbar zudem ihr noch der lange Flug in den Knochen saß. Leichte Kopfschmerzen waren die Folge.

Die Ruhe während der Fahrt sowie genügend Wasser und etwas Aspirin sollten reichen.

Glücklicherweise gab es noch die Apotheke, sie lag in der einstigen Hauptstraße inzwischen gab es eine Umgehungsstraße eine der guten Veränderungen im Ort.

Als sie so in der Apotheke stand, erinnerte sie sich an ihre Kindheit, sie war immer froh, wenn sie mit in die Apotheke durfte. Es gab keine bessere Gelegenheit als Kind um kostenlos an ein paar Süßigkeiten zukommen, jedes Kind mochte die Traubenzucker Bonbons, die man da bekam. Die Bedienung war eben so freundlich wie sie es von früher kannte. Im Auto schluckte sie gleich zwei Aspirin mit einem großen Schluck Wasser und machte sich auf den Weg nach Stuttgart.

Mit ihrer schwedischen Limousine flogen die Kilometer an ihr vorbei, sie hörte Radio und fühlte sich gut, ihre Kopfschmerzen waren schnell vergessen.

Kurz vor 12 Uhr war sie am Ziel. Zeit für Kaffee und Gespräche mit den Kollegen. Noch vor der Besprechung war klar, dass frühere Feindschaften nicht mehr das Problem war. Vielmehr hatte das LKA das Problem, das es mit der Amtshilfe für das FBI auch einen Serienmörder nach Deutschland eingeladen hatte.

Niemand wollte sie im Stich lassen, aber es wollte auch niemand die Verantwortung übernehmen. Das Problem war nicht das man Isabel, obwohl sie persönlich betroffen war, die Leitung der Ermittlungen überließ. Es war auch niemand qualifizierter für diese Arbeit. Das Problem war es alles aus den Medien zu halten, den würde es Morde geben und die würde es geben, wenn er nach Deutschland kommt, dann könnte man Isabel und das LKA dafür verantwortlich machen.

In New York wäre es keine große Sache gewesen so etwas zu verheimlichen, aber in einem kleinen Dorf war das unmöglich. Man konnte nur abwarten was passiert. Isabel bekam alle Rechte, die notwendig waren, wurde aber auch noch belehrt, dass sie nun wieder nach Deutschen Gesetzen ermitteln musste und vor allem mit dem Schusswaffengebrauch viel vorsichtiger sein musste.

Die Besprechung war zu Ende, aber wirklich zufrieden war niemand, aber zumindest waren alte Feindschaften aus dem Weg geräumt, den jeder war, sich darüber im Klaren das Isabel in Lebensgefahr war. Sie gingen gemeinsam noch etwas trinken und verabschiedeten sich kurz danach voneinander, den jeder musste noch Autofahren.

Kapitel 4

Zeitler Mord

Isabel war gerade mit dem Frühstück fertig, trank noch ihren Kaffee zu Ende und schaute, was Neues in der Zeitung stand. Der morgendliche Gang zum Bäcker und zur Tankstelle, um sich die Zeitung zu holen war nun schon fester Bestandteil ihres Lebens. Um 11 Uhr hatte sie Termin in Buchen im Polizei Revier was lediglich 10 Minuten Fahrzeit benötigte. Sie hatte also noch jede Menge Zeit, es war gerade erst halb 10 Uhr. Es klingelte an ihrer Tür, sie erschrak sogar etwas. Es war das erste Mal, dass sie die Klingel hörte. Vor der Türe stand ein junger Streifenpolizist.

Mit nervöser Stimme fragte, er sind sie Frau Ludebühl?

Isabel nickte, er fragte sie noch steht's sichtbar nervös würden Sie bitte mitkommen, es gab einen Mord. Es wurde eine Nachricht für sie am Tatort hinterlassen. Natürlich antwortete sie, nahm ihrer Tasche und folgte dem Polizisten die Treppe hinunter.

Bitte fahren Sie mir hinterher bat sie der junge Polizeibeamte. Vermutlich wusste er nicht, dass ich hier aufgewachsen bin, dachte sich Isabel und fuhr ihm brave hinterher. Die Fahrt ging Richtung Langenelz, kurz vor Langenelz bogen sie ab Richtung Unterscheidental. Direkt bevor der Wald anfing, sah sie schon aus einiger Entfernung die Ansammlung von Polizei Fahrzeugen rechts auf der Wiese stehen. Sie waren am Tatort angekommen.

Die Kriminalbeamten Stein und Metzger kamen ihr direkt entgegen. Nach einer kurzen Begrüßung gingen sie direkt zum Tatort, Isabel hatte die Kollegen gebeten ihr vorab keine Informationen zu geben, sie wollte sich zuerst selbst ein Bild machen. Das Opfer war ein alter Mann, er hing direkt hinter einer Reihe Bienenkästen an einem Baum. Doch wurde er nicht nur erhängt, in seiner Brust steckte ein Pfeil, der Pfeil einer Armbrust.

Nach ihrer vorläufigen Einschätzung war der Pfeil jedoch nicht Todes ursächlich, der Eintrittspunkt war zu weit oben und zu weit links. Entgegen der landläufigen Meinung sitzt das Herz mehr in der Mitte des Brustkorbes. Leider wurde er auch nicht im klassischen Sinne erhängt. Der Knoten war nicht der richtige und das Seil war viel zu dünn. Der arme Mann war jämmerlich erstickt. Hier zeigte sich die Unerfahrenheit des Täters mit dieser Art des Tötens.

Beim klassischen Erhängen wird das Genick des Opfers gebrochen, was hier zum Nachteil des Opfers nicht funktioniert hat. Sie hätte sich gewünscht das diesem armen Mann der qualvolle Erstickungstod erspart geblieben wäre.

Der Pfeil wurde nicht in die Brust geschossen, er wurde hineingeschlagen. Das sah man an der Einkerbung am Pfeilende, die Spitzen waren flach geklopft, wäre er geschossen worden wäre das nicht der Fall. Dann würde man Abnutzungen in der Kerbe sehen.

Jedoch war sie sich sicher, er hatte ihm den Pfeil zuerst in die Brust gehämmert und ihn dann erhängt.

Vor dem Baum, an dem er hing, war eine große Fläche flach gedrücktes Gras, es gab keinen langen Kampf. Der Täter war offensichtlich zu übermächtig und das Opfer vermutlich zu vertrauensselig.

Die Nachricht, die er hinterlassen hat, wurde unter einem Stein, mit dem der Imker den Deckel der Beute beschwerte, hatte gefunden. Beute ist der fachlich korrekte Ausdruck für eine Bienenbehausung. Isabel kennt sich aus, ihr Vater war Imker.

Die Nachricht war eben so kurz wie sonderbar, der genaue Wortlaut war „Liebe Isabel, ich habe den Honigdieb gestellt und in Vertretung des Eigentümers nach dem Recht des Zeitlers gerichtet, dein Vater wäre stolz auf mich".

Was meint er damit fragte Metzger und Stein warf noch ein, was ist ein Zeitler? Isabel antwortete Zeitler waren die Vorläufer der Imker. Es gab da noch keine Beuten oder Bienenkörbe, sie betreuten Wilde Bienen in Bäumen. Zeitler hatten sogar eine eigene Gerichtsbarkeit, Honigdiebe durften sie an Ort und Stelle durch Erhängen Hinrichten.

Die Armbrust war ihre Waffe, außer Jägern und Soldaten waren sie die einzigsten die das Recht hatten, eine Waffe zu tragen. Metzger unterbrach sie, aber was ist das mit ihrem Vater, was hat er damit zu tun? Mein Vater war Imker und er hasste es das einige Imker ihre Finger nicht von Fremden Beuten lassen konnten und war es nur um kurz hineinzusehen. Einige meiner Kollegen wussten das, ich hatte es mal erzählt, weil ich mit dem Gedanken gespielt hatte auf dem Dach des Police-Departments Bienen zu halten. Kennen wir die Identität des Opfers, ist er Imker gewesen frage Isabel nun.

Ja, antwortete Holger, er war der junge Beamte, der sie abgeholt hatte. Das ist der alte Schorsch, er war Imker konnte, aber die schweren Beuten nicht mehr heben.

Darum hatte er aufgehört, aber er konnte einfach nicht loslassen, wir alle wussten, dass er in die Beuten schaute, aber niemand war ihm böse.

Er war für viele von uns der Imkerpate, als wir begonnen haben.

Sie sind Imker erwiderte Isabel erstaunt, ja antwortete der junge Mann und merkte an das es in einem anderen Fall jeder so sehe wie ihr Vater.

Wir stellen ihnen eine Streife vors Haus, sie brauchen Personenschutz sagte Stein und alle andere nickten zustimmend. Nein, dann wird es nie aufhören erwiderte Isabel. Wir werden sie auf alle Fälle nach Hause bekleiden warf Metzger nun ein. Ausnahmsweise antwortete Isabel, ich muss einige E-Mails schreiben und ausreden kann ich es Ihnen wohl doch nicht. Sie fuhren zu ihr nach Hause, vor ihrer Wohnungstüre lag ein kleines Paket. Es hatte keinen Absender und wurde auch mit keinem Paketdienst geliefert.

Kommen Sie wir werden es drinnen öffnen, ich mache ihnen einen Kaffee. Stein und Metzger wurden etwas bleich im Gesicht, er war wirklich da, hier im Haus brach es aus Stein heraus. Ich habe damit gerechnet entgegnete Isabel. Sollen wir die Spurensicherung rufen fragte Metzger, nein sie würden nichts finden, es ist bereits ein Wunder, dass die Nachricht am Tatort mit der Handgeschrieben war? Vermutlich wusste er, dass wir kein Vergleichsmaterial haben.

Öffnen Sie es ruhig, er ist auch kein Bomben Bauer. Isabel machte Kaffee und deckte den Tisch und ihre beiden Kollegen sahen sich das Paket an. Was ist, darin fragte Isabel neugierig. Eine kleine Herzförmige Flasche mit roter Flüssigkeit und der Aufschrift Sam und ein Schreiben.

Soll ich es vorlesen fragte Metzger? Ja bitte sagte Isabel und Robert Cushmann der ungefähr 200 Meter entfernt auf dem Alten Wasserreservoir lag, aussah wie ein Heuhaufen und durch sein Zielfernrohr alles beobachtete und durch die Wanzen auch alles hören konnte, begrüßte das sehr.

Metzger fing an zu lesen „Liebe Isabel ich hoffe du freust dich über mein kleines Geschenk, sicher hast du Sam bereits vermisst. Danke, dass du mich in dieses wunderbare Land geführt hast, deine Heimat ist sehr inspirierend für mich. Dass es hier keine Todesstrafe gibt, kommt mir sehr entgegen. Keine Angst ich werde dich nicht zu Hause aufsuchen, wen die Zeit gekommen ist, werde ich dich einladen und du wirst kommen". Das Rote in der Flasche ist also wollte Stein sagen und Isabel unterbrach ihn direkt und sagte ja das ist Blut von Sam, meinem Partner beim Department.

Er versetzt es mit Apfelessig, um es flüssig zu halten, der Apfelessig verhindert die Gerinnung. Wie kann er, denken sie, kommen, wen er es will, fragte Stein! Er wird mich nicht wirklich einladen, er wird eine Spur legen und warten, bis ich ihr folge, mit einem allerdings wird er nicht lügen. Er wird mich nicht hier aufsuchen, er ist ein Monster, aber er möchte ernst genommen werden, dafür muss er sein Wort halten, das weiß er erwiderte Isabel.

Robert Cushmann freute sich über die Neuigkeiten, es würde nun genügen sie abzuhören. Leider konnte er jetzt noch nicht weg, den so gut seine Tarnung auch war, ein wandernder Heuhaufen würde auffallen. Er musste warten, bis es dunkel wird, aber es machte ihm nichts aus. Ohnehin lag er nun schon seit zwei Tagen hier. Seine Tarnung allerdings war bestens.

Letzte Nacht suchte sogar ein Igel Schutz in dem vermeintlichen Heuhaufen, dass er allerdings unter seiner linken Achsel sein Lager einrichten wollte war äußerst unangenehm.

Einige Male dachte er, aber auch er würde auffliegen, eine junge Frau spazierte häufiger mit ihrem Hund vorbei und der Hund, der jedes Mal freilief, kam ihm oft sehr nah. Offensichtlich war es aber nicht der intelligenteste Hund.

Metzger und Stein waren inzwischen gegangen, sie hatten lange geredet und so war es bereits spät geworden. Isabel wollte etwas entspannen und beschloss zu baden.

Robert C. sah das Isabel sich ausziehen wollte, seine Erziehung verbot es ihm eigentlich einer Frau zuzusehen, die sich entkleidete. Aber er konnte nicht anders, er fand sie äußerst attraktiv.

Er schaute durch sein Zielfernrohr und sah, dass es gut war. Isabel ist eine äußerst attraktive Frau, ihm gefielen ihre langen rot–braunen Haare oder nannte man es Kastanienrot er kannte sich da nicht so aus. Ihre Reh-braunen Augen fand er wunderschön. Sie hatte die Rundungen an genau den richtigen Plätzen. Robert konnte seine Augen nicht von ihr lassen, bei dem Anblick konnte man nur anfangen zu träumen. Es war einer dieser Momente, bei denen es einem so richtig warm ums Herz wurde. Aber Moment mal es wurde warm und nicht nur warm, es wurde auch feucht, um nicht zu sagen nass. Verdammt! Dieser minder intelligente Köter hatte ihn nun endgültig als Teil seines Reviers anerkannt. Robert war nicht nur im wörtlichen Sinne angepisst.

Gerne hätte er den Hund zum Teufel gejagt, aber er war gefangen in der Situation, er durfte nicht entdeckt werden.

Er konnte nur noch warten, als es dunkel genug war ging er.

Kapitel 5

Seitze Buche

Gerade einmal 2 Tage waren seit dem letzten Mord vergangen. Isabel saß zusammen mit den Kripobeamten Metzger und Stein im Polizei Revier. Sie durchsuchten noch einmal alle Unterlagen, die sie hatten. Aber es war als würden sie einen Geist jagen. Isabel wunderte sich über die Anmerkung des Täters in der letzten Nachricht, dass es hier keine Todesstrafe geben würde. Ihrer Erfahrung nach war diese Art von Serienmördern darauf aus einem spektakulären Tod zu sterben, zumeist bei ihrer Verhaftung.

Diese Sorte von Tätern bildet sich ein so unsterblich zu werden und die

Öffentlichkeit sie dadurch nie vergessen würde.

Die Türe ging auf ein Streifenpolizist kam herein und informierte sie darüber, dass es eine neue Leiche gibt. Der Tatort war an der Kreuzung zwischen Schloßau und Hesselbach. Wisst ihr wie man diese Kreuzung nennt, fragte Isabel, Seitze Buche antwortete Stein. Richtig antwortete Isabel aber wisst ihr auch warum. Die drei stiegen ins Auto, Metzger und Stein wussten nicht, woher der Name kam.

Seitze Buche setzt sich zusammen aus dem Namen Seitz und der Baumart Buche erklärte Isabel weiter. Am 23. Oktober 1819 wurde dort ein Förster namens Seitz mutmaßlich durch einen Wilderer erschossen und Tod unter einer Buche gefunden.

Der Überlieferung nach hatte er schon 11 Wilderer erschossen und sagte seiner Frau an jenem Tag heute mache ich das Dutzend voll doch die zwölfte Kugel sollte für ihn bestimmt sein. Man fand ihn erschossen an der Kreuzung unter einer Buche, die vom Blitz getroffen wurde und bereits am Verrotten war.

Darum findet er es hier wohl so inspirierend beendete Isabel ihre Erklärung.

Sie waren am Tatort, Metzger und Stein wussten sie sollten besser zurückbleiben, Isabel war in der Beziehung wie ein Spürhund, sie brauchte Ruhe musste sich konzentrieren, jedes Detail des Tatortes in sich aufnehmen.

Das Opfer wurde tatsächlich unter eine Buche gesetzt. Wurde jedoch zuerst mit einem kräftigen Fausthieb, der von unten gegen den Kiefer geführt wurde, niedergeschlagen.

Um ihn seiner Waffe zu berauben, mit der er dann erschossen wurde. Zwei Schüsse

wurden auf in abgegeben, einen in die
Brust aus etwa einem Meter Distanz und
einen aufgesetzten in die Stirn. Er
verhöhnte das Opfer, er hatte ihm einen
Fichtenzweig zwischen die Zähne
geklemmt, er machte aus dem Jäger die
Beute. In der Brusttasche des Opfers
steckte ein Zettel auf dem Stand.

„Kann ein Leben 11 Leben aufwiegen
oder sollten es ebenso viele sein. Der
dessen Namen diese Kreuzung trägt hat
11 getötet, 11 die aus Hunger gewildert
hatten. Er aber hat sie aus Arroganz und
falschem Pflichtbewusstsein, eventuell aus
freute getötet. Und ihr nennt mich ein
Monster".

Stein wusste nicht, was er dazu sagen
sollte, Metzger holte tief Luft und sagte,
es rechtfertigt keinen Mord aber ganz
Unrecht hat er nicht.

Isabel entgegnete und nein, man muss den
Kontext sehen, die Zeiten waren damals
andere, war es gerecht nein aber war er im

Recht das ja. Die Menschen werden niemals den Unterschied zwischen Recht und Gerechtigkeit verstehen. Das ist auch das große Dilemma unseres Berufes, wir alle würden gerne der Gerechtigkeit dienen, aber wir haben uns dem recht verpflichtet.

Sollten wir jetzt alle Jäger warnen fragte Metzger? Nein, das ist nicht nötig, erstens glaube ich nicht, dass er so weiter macht, er möchte beeindrucken und das kann er nur wen er kreativ ist. Zweitens werden die Jäger nun automatisch vorsichtiger gegenüber Fremden sein. Das Opfer war Thorsten Beil, er war Leiter des Hege rings hier, die Jägerschaft wird sich also zwangsläufig damit auseinandersetzen warf Stein ein.

Vielleicht sollten wir doch mit den Jägern reden, nicht dass sie schießwütig durch die Wälder pirschen und jagt auf vermeintliche Mörder machen korrigierte sich Isabel nun. Gibt es in Schloßau noch den Großkaliber Schießstand? Ja, antwortete Metzger, was haben sie vor?

Sie werden nicht auf mich hören, wenn sie mich nicht respektieren. Wir werden uns einen schönen Abend mit den Jägern machen. Laden Sie alle ein wir alle können etwas Schießtraining gebrauchen.

Um 19 Uhr kam Isabel zum Schießstand und es waren sofort Parolen zu hören wie „Das Schwein müssen wir jagen, Rache für Thorsten"

Isabel ging schweigend an der wütenden Meute vorbei zum Schießstand, zock ihre Jacke ausholte ihre Waffe, eine SFP9 mit SF-Abzug und ohne Sicherungshebel von Heckler und Koch, aus dem Schulterholster. Es ist das Model wie es die Special Forces benutzen.

Ohne Vorwarnung begann sie zu schießen, 9 Schuss alle landeten im 10er. Es war still im Raum, sie hatte ihre Aufmerksamkeit, sie wollen den Täter jagen, ihn erschießen, wer von ihnen hat bereits einen Menschen erschossen, wer von ihnen steht über dem Gesetz. Die Jäger waren still, manche wirkten schon fast ängstlich und selbst Metzger und Stein brachten kein Wort hervor. Sie alle kennen die Wirkung von Munition, die das Fleisch durchbohrte, aber haben sie das jemals bei einem Menschen gesehen. Sie machte die oberen Knöpfe ihrer Bluse auf und entblößte die linke Schulter, knapp unter dem Schlüsselbein war eine große runde Narbe zu sehen, das war eine 357er Magnum und ich kann ihnen sagen es tut scheiß weh. Sie sind Experten für die Jagd auf Tiere, meine Kollegen und ich für die Jagd auf Menschen. Lasst uns alle vernünftig sein, seien sie wachsam und melden sie es uns, wenn ihnen etwas auffällt, keinem ist geholfen, wen wir einen von ihnen verhaften müssen.

Sie alle haben meine Waffe gesehen, es ist eine Waffe wie sie oft bei Spezial Einheiten genutzt wird, bleiben sie vernünftig und ich werde ihnen einmal in der Woche Schießtraining geben. Und das ist noch nicht alles, eine Überraschung habe ich noch sagte sie, beugte sich nach vorne und griff unter ihren Rock, sie musste nicht aufsehen, um zu bemerken, dass alle Männer große Augen bekamen und die wenigen Frauen ungläubig den Kopf schüttelten.

Sie hatte unter dem Rock eine Waffe in einem Schenkelholster, diese holte sie nun hervor. Direkt fing sie wieder an zu feuern, der Lärm war ohrenbetäubend, alle waren furchtbar erschrocken. Die Waffe war die Legendäre „Dessert Eagel", sie hatte sie im Kaliber 50AE, das hatte keiner der Anwesenden je gesehen.

Erneut lief sie schweigend durch die Menge hinaus zum Auto, die letzten beiden Jäger griff sie an den Armen und sagte nur kurz „Mitkommen".

Niemand hätte es an diesem Abend gewagt ihr zu wieder sprechen. Nach wenigen Minuten kehrte sie mit den beiden Männern zurück, jeder der beiden hatte zwei Kästen Bier bei sich.

Heute wird kein Schuss mehr fallen, heute lernen wir uns erst einmal kennen sagte sie und alle klatschten.

Metzger und Stein kamen nun zu ihr, das war jetzt die amerikanische Methode oder fragte Stein. Sagen wir einmal es war meine Methode sagte Isabel und lächelte. Auf jeden Fall hat es funktioniert merkte Metzger an und fragte zugleich gilt das Schießtraining auch für uns, ja sicher antwortete sie und für alle Kollegen, die möchten.

Und bevor sie fragen, nein ich trage die Waffe nicht ständig unter dem Rock, das Ding wiegt 2 Kilogramm. Sie ist nicht gut für den Einsatz, aber psychologisch gesehen ist sie ihr Gewicht in Gold wert.

Lassen Sie uns ein Bier trinken, bevor wir nach Hause gehen, es wird noch genug Arbeit geben die nächste Zeit sagte Isabel holte drei Bier und sie ließen den Abend gemütlich ausklingen.

Kapitel 6

Eisig

2:30 Uhr das Handy klingelte, Isabel war
sofort hellwach. Ein Anruf um diese Zeit
konnte immer nur eins bedeuten. Es war
das Revier in Buchen, der Beamte
entschuldigte sich und informierte sie
über den Grund des Anrufs. Frau
Ludebühl der Täter hat sich gemeldet, der
genaue Wortlaut war „Eisig war da, das
Wasser ist vergiftet und ein Toter liegt am
Brunnen" wir haben Kollegen los
geschickt die suchen, an welchem
Brunnen es ist. Schicken Sie sie zum
Brunnen vor der Sparkasse, das ist am
wahrscheinlichsten, ich komme auch
gleich dorthin. Informieren Sie Stein und
Metzger und niemand soll etwas anfassen
erwiderte Isabel, bedanke sich für den
Anruf und machte sich hastig fertig.

Wenige Minuten später war Isabel am Tatort, ein toter Mann saß neben dem Brunnen, im Brunnen schwamm ein leerer Kanister. Ein kurzer Blick auf den Kanister zeigte Isabel das die chemischen Kenntnisse des Täters nicht gerade die besten waren. Er hatte Bremsflüssigkeit in den Brunnen gegossen. Für sich allein wäre die Bremsflüssigkeit schon giftig, aber man müsste schon einiges trinken, was unwahrscheinlich ist. Aber in Verbindung mit so viel Wasser war es eventuell noch gesundheitsschädlich, aber nicht mehr tödlich.

Sie untersuchte den Toten, in seinem Mund war Bremsflüssigkeit, aber sie war sich sicher, dass es dort post mortem, also nach dem Tod platziert wurde. Er war sehr bleich und hatte, würge male am Hals. Jedoch waren diese nicht ausgeprägt genug, um totes ursächlich zu sein. Kommen Sie sagte sie zu Metzger und Stein die mittlerweile eingetroffen waren, wir müssen ihn umdrehen.

Sie legten ihn auf die Seite und Isabel erblickte gleich einen blutigen Fleck im oberen rechten Drittel des Rückens. Sie zog das T-Shirt nach oben und erkannte einen Einstich der mit einem beidseitig geschliffenen Messer, leicht schräg von unten ausgeführt wurde. Zumindest in diesem Fach war der Täter ein Profi, er hatte den armen Kerl professionell abgestochen.

Das Opfer war Edwin Scholl, ein freundlicher junger Mann, nicht gerade das was man als Held der Arbeit bezeichnen würde, aber immer hilfsbereit. Leider auch immer knapp bei Kasse was ihn zu einem leichten Opfer machte. Er war sehr kontaktfreudig und sagte eigentlich nie nein wen er eingeladen wurde.

Woher wussten sie welcher Brunnen es war fragte Stein! Ich wusste es nicht sicher antwortete Isabel. Aber im Zusammenhang mit Eisig ist es der wahrscheinlichste gewesen.

Sehen sie hier die Sparkasse fuhr Isabel fort. Das war früher das Rathaus aber das Wissen sie ja vermutlich. In meiner Jugend waren an der Stelle, wo jetzt die Glastüren sind schwere Holztüren, im inneren war der Boden zusammengebrochen und man konnte noch die Reste einer früheren Zelle sehen.

Der Überlieferung nach saß dort einst ein Mann aus Hainstadt namens Eisig, der oft die Viehmärkte in Mudau besucht hatte. Eines Gerüchtes zufolge hatte er die Brunnen vergiftet und wurde daraufhin zum Tode verurteilt. Durch ein eingeschmuggeltes Messer schaffte er es Selbstmord zu machen. Angeblich soll er noch lange Zeit als Geist im Gebäude umher gespuckt haben.

Hier sind wir fertig meldete sich Stein zu Wort, wir sollten ins Revier fahren und uns das Band mit dem Anruf anhören. Sie haben recht antwortete Isabel, ich bin sofort so weit. Sie ging auf einen der Männer von der Freiwilligen Feuerwehr zu und sagte zählen sie durch wie viele Leute hier sind und holen sie für jeden Kaffee und etwas zu essen beim Bäcker, ich werde jetzt dort vorbeigehen und Bescheid sagen, dass sie kommen, keine Sorge ich bezahle es ihr habt alle gute Arbeit geleistet. Der Feuerwehrmann bedankte sich und sie ging. Was möchten sie vom Bäcker sagte sie zu Stein und Metzger! Sie gingen beim Bäcker vorbei holten sich Frühstück und Isabel sagte Bescheid das sie am Nachmittag vorbeikommt, um die Rechnung zu bezahlen, für die Männer, die hier im Einsatz waren. Sie war dort schon bekannt von daher war das kein Problem.

Im Revier hörten sie sich das Band mit dem Anruf an. Er hatte das Handy des Opfers benutzt. Es war ein schlechtes deutsch, man konnte hören das er einen amerikanischen Akzent hatte, aber es war mehr ein lateinamerikanischer Akzent. Auch die Texte, die er geschrieben hatte, waren in schlechtem deutsch, vermutlich hatte er den Google Translator benutzt.

Aber noch immer hatten sie weder Fingerabdrücke noch DNA-Spuren vom Mörder sichern können. Wieso hat er angerufen, man hätte das Opfer sicher kurze Zeit später auch so gefunden? Weshalb suchte er plötzlich Kontakt? Isabel war sich sicher, sie würde bald die Einladung bekommen, er ist in einem fremden Land, er muss alles übersetzen. Vermutlich ist er einsam und es fehlt ihm die Beachtung, die er so gerne möchte. Eins haben alle Serienmörder gemeinsam, alle möchten berühmt werden.

Es wurden bereits alle Hotels und Pensionen in der Umgebung überprüft, leider ohne Erfolg. Es blieb ihnen nur zu warten bis wieder etwas passierte und er doch einen Fehler machen würde. Es war äußerst unbefriedigend und frustrierend. Was sollte man den Angehörigen sagen, es gab keinen Grund für ihren Tod, sie waren nur zur falschen Zeit am falschen Ort. Isabel war dankbar das Metzger und Stein das bisher für sie gemacht hatten, sie kannten die Menschen hier besser als sie.

Kapitel 7

Wildenburg

Isabel war etwas genervt, gerade war sie zurück von einer Besprechung beim LKA in Stuttgart, bereits 3 Morde und noch kein brauchbarer Beweis. Ihr Chef beim LKA war alles andere als begeistert. Stein und Metzger konnten gut verstehen, dass sie etwas angefressen war. Es ist hart, wenn man in der Hoffnung eine Spur oder nur einen kleinen Anhaltspunkt zu finden schon fast darauf hofft das wieder etwas passiert. Was unwillkürlich mit dem Tod eines Menschen verbunden wäre.

Es gibt einiges was man sich nicht wünschen sollte, die Gefahr das gerade diese Wünsche in Erfüllung gehen ist viel zu hoch.

Sie konnten nicht ahnen, dass genau in diesem Moment zwei junge Menschen dabei waren, dem Mörder genau in die Arme zu laufen. Stefan Moser ein Fotograf für Tattoo und Mittelalter Magazine war gerade mit seinem neusten Model Celine Schuster auf dem Weg zur Burg Wildenberg oder wie man sie im Volksmund nennt Wildenburg unterwegs.

Celine machte sich Sorgen, dass sie Zecken bekommen würde, aber das sollte noch das geringste Problem sein. Kaum waren sie auf der Burg angekommen fingen sie mit dem Shooting an. Kurz nach dem sie die ersten Fotos gemacht hatten, bemerkten sie einen Wandere und zumindest dachten sie es wäre ein Wanderer. Aber damit war zu rechnen und Celine hatte kein Problem damit, sie war es gewohnt leicht bekleidet vor mehreren Menschen zu posieren.

Der Fremde hatte einen dicken Ast als Wanderstock. Holger und Celine dachten sich nichts dabei als er näherkam, für sie war die Neugier der Leute nichts Neues und Celine war auch eine Wunderschöne junge Frau.

Sie beachteten ihn nicht weiter, Stefan knipste ein Foto nach dem anderen und Celine spulte gekonnt ihr Posing Programm ab, sie war ein Profi. Der Wanderer streckte Stefan mit einem kräftigen Schlag mit dem Ast nieder und stürzte direkt auf Celine zu. Sie hatte keine Chance, er verpasste ihr einen Tritt in den Magen und einen Fausthieb auf das rechte Auge. Beide lagen bewusstlos am Boden. Er fesselte Celine und schüttelte sie, bis sie wieder zu sich kam, sie sollte alles mit ansehen. Stefan lag noch immer am Boden, aus zwei dicken Ästen und einem Seil baute er ein Kreuz. Stefan schnitt er die Kleidung vom Leib, legte ihn aufs Kreuz und fesselte in mit Seilen daran.

Er war sehr kräftig, es schien ihm keinerlei Mühe zu bereiten Stefan samt dem Kreuz emporzuheben. Das Kreuz stellte er gegen die Mauer und holte eine Infusionsnadel und einen passenden Schlauch aus dem Rucksack. Die Nadel legte er ihm in eine Halsvene, im Rucksack hatte er noch eine großen Glas Krug, das Ende des Schlauches legte er in den Krug.

Nun befasste er sich mit Celine, er küsste sie auf die Wange und flüsterte ihr ins Ohr du wirst leben und es liegt an dir, ob dein Freund es auch überlebt. Glücklicherweise konnte Celine gut Englisch. Aus der Hosentasche von Stefan holte er einen Autoschlüssel. Kannst du fahren, fragte er Celine, sie nickte? Fahr nach Buchen zur Polizei sag die Frau des FBI muss hierherkommen. Er löste ihre Fesseln, geh sagte er, sie wollte ihre Schuhe anziehen, aber er erlaubte es ihr nicht.

Schau hersagte er und nahm den Zeigefinger von Stefans linker Hand. Mit einem kurzen Ruck brach er ihm den Finger. Ich denke du solltest dich beeilen, wen der Krug voll ist, wird er Tod sein.

Celine rannte los, sie hatte das Gefühl ewig unterwegs zu sein. Tatsächlich schaffte sie es in 40 Minuten von der Wildenburg zur Polizei Revier in Buchen. Isabel und ihre Kollegen machten sich sofort auf den Weg. Die Zentrale informierte auch die Kollegen in Amorbach und Miltenberg. Als sie ankamen, waren Sanitäter aus Amorbach bereits vor Ort, aber auch sie kamen zu spät. Stefan war tot, auf seiner Brust stand mit Blut geschrieben „Wir werden uns bald am Galgen treffen".

Isabel hatte den Satz laut vorgelesen, fast so als konnte sie es selbst nicht glauben. Metzger fragte sie mit besorgter Miene was hat das zu bedeuten?

Es bedeutet, dass ich mich mit ihm am Galgen, ich vermute an dem in Mudau treffen soll.

Wann weiß ich nicht, das ist sein Vorteil, wir können nicht täglich mit dem Sondereinsatz Kommando dort erscheinen. Er würde dann einfach weiter morden. Wir sollten nun zumindest ein Phantombild anfertigen können, das Model hat ihn doch gesehen warf Stein ein. Das können wir vergessen antwortete Isabel, sie haben die kleine doch gesehen, die steht komplett unter Schock, zu mindesten die nächsten Tage wird sie keine brauchbaren Hinweise liefern. Was schlagen sie vor fragte Stein! Er mag es dramatisch, sicher wird er in den frühen Morgenstunden dort sein, in Filmen werden Hinrichtungen auch meist in den Morgenstunden vollzogen, das entspricht zwar nicht wirklich der Wahrheit, aber der Morgentau auf den Wiesen und oft auch etwas Nebel machen es dramatischer.

Kapitel 8

Am Galgen

Robert Cushmann hatte alles mit angehört, seine Wanzen funktionierten noch immer tadellos. Etwa 200 Meter entfernt vom Galgen lag er bestens getarnt in einer Christbaumkultur. Er hatte sogar eine Alufolie unter seinem Tarnumhang, falls Helikopter mit Wärmebildkamera zum Einsatz kommen würden. Durch sein Zielfernrohr hatte er alles gut im Blick. Das Schussfeld war nicht optimal, der Galgen lag etwas erhöht. Aber Robert ist ein erfahrener Schütze, er wusste sich der Lage anzupassen.

Er hatte noch in der Nacht nach dem der Fotograf gestorben war hier Stellung bezogen.

Es war der vierte Tag an dem Isabel zusammen mit Metzger und Stein zum Galgen kamen, sie waren immer schon um 7 Uhr da. Isabel ging, steht's voraus und die Kollegen folgten ihr mit etwas Abstand. Robert wendete seinen Blick keine Sekunde von Isabel ab. Wie jeden Morgen lief Isabel den Waldrand ab, der an den Galgen grenzt.

An einer Stelle lag ein großer Haufen Langholz, gerade als sie daran vorbei war und sich abwendete, um in die Mitte des Areals zu laufen, sprang der Mörder hinter dem Holz hervor. Er hatte ein langes Messer in der Hand und hielt es an Isabels Hals. Sie konnte sein Gesicht nur kurz sehen, sofort hatte er sie fest im Griff und das Messer fest gegen den Hals gedrückt. Sofort war ihr klar, wer es war und auch ansonsten wurde ihr einiges klar. Sie kannte seinen Namen nicht wirklich, sie und ihre Kollegen nannten ihn Joe, er war einer der Hotdog Verkäufer von dem Police-Department.

Nun war ihr klar, woher er all das über sie wissen konnte, der Hotdog Wagen war der Treffpunkt in der Mittagspause. Man achtete bei den Gesprächen nicht auf den Verkäufer, es zählten nur die Kollegen, die da waren. Man sollte die Menschen um sich herum mehr beachten, die ganzen Verkäufer und Dienstleister, die wir für so selbstverständlich halten sollten, es wert sein das man ihnen Beachtung schenkt. Sie hatte Angst das sie nun für diese Ignoranz bezahlen muss.

Metzger und Stein standen mit gezogenen Waffen da, es wäre, zu gefährlich gewesen, um zu schießen, würde er mit dem Messer abrutschen könnte er Isabels Halsschlagader durchtrennen. Er forderte, dass sie die Waffen niederlegen, nicht werfen, hinlegen und dann einen Schritt zurücktreten sagte er. Stein und Metzger folgten seinen Anweisungen.

Sie bückten sich und legten ihre Pistolen auf die Wiese.

Sie wollten sich aufrichten, da schrie er unten bleiben und einen Schritt zurück machen. Er zeigte nun mit dem Messer in ihre Richtung, Isabel noch immer fest im Griff. Es war genau der Moment auf den Robert gewartet hatte, er hatte den Mörder schon die ganze Zeit im Visier, er war kein Killer, aber er musste nicht überlegen.

Langsam und mit sicherer Hand zog er den Abzug. Der Schuss ging direkt ins linke Auge des Täters, Blut spritzte, er war sofort tot, kippte nach hinten weg wie ein nasser Sack. Isabel wurde mit umgerissen. Metzger und Stein schnappten sich schnell wieder ihre Waffen, sie konnten nicht glauben was gerade passiert war.

Robert hatte einen Stock mit einem weißen Tuch an einem ende, den er nun schwenkte, um seine Aufgabe zu signalisieren. Er stand nun auf und Isabel und ihre Kollegen schauten sich an.

Keiner wusste was hier los war. Robert kam mit nach oben ausgestreckten Händen zu ihnen.

Isabel sichtlich nervös fragte, wer sind sie, sie haben mir das Leben gerettet, wieso ich verstehe nicht was hier los ist. Robert sagte mit ruhiger Stimme ich werde ihnen alles erklären, aber zuerst sollten sie sich etwas erholen. Sie werden mich nun sicher Festnehmen wollen sagte er zu Stein, danach drehte er sich zu Metzger und sagte meine Waffe werden sie dort drüben finden, wo ich den Stock mit dem weißen Tuch in den Boden gesteckt habe.

Isabel schaute sich den Toten an und sagte „Mutig hin und blutig Heim" Wie oft hatte sie früher diesen Spruch gehört. Er kam mutig und nun ging er blutig und es war gut so. Metzger hatte inzwischen Roberts Waffe geholt und im Auto verstaut. Fahren Sie mit ihm und Metzger aufs Revier, ich warte hier auf die Kollegen sagte Stein und Isabel war sehr dankbar dafür.

Kapitel 9

Das Verhör

Isabel brauchte erst einmal einen Kaffee als sie auf dem Revier waren, sie machte auch für Metzger und Robert Kaffee, sie beschlossen aber auf Stein zu warten, er sollte beim Verhör auch anwesend sein.

Es dauerte nicht lange und Stein war auch da. Die Situation war sonderbar, da saßen sie, drei erfahrene Ermittler und sollten einen Mann verhören, der ihnen wenige Minuten zuvor das Leben gerettet hatte. Keiner wusste so recht, wie er beginnen sollte. Da brach Robert die Stille, es tut mir leid sagte er, wieso tut es ihnen leid antwortete Isabel, sie haben uns allen und ins besonderem mir das Leben gerettet.

Darüber bin ich auch sehr froh, aber es tut mir leid, dass ich sie überwacht und abgehört habe und sie als Köter missbraucht habe um diesen Menschen, dieses Monster zu finden und zu töten. Er hat meinen Neffen getötet, es war der ein zigste Verwandte, den ich noch hatte.

Die Wanzen waren von ihnen? Fragte Isabel. Ja und es gibt auch jetzt noch einige in ihrer Kleidung, in ihrer Wohnung und auch in ihrem Auto, aber ich werde sie für sie entfernen, wenn sie es erlauben erwiderte Robert. Gerne können sie für ihre Arbeit behalten fügte er noch hinzu. Das FBI hatte meine Sachen schon in Amerika überprüft und die Techniker vom LKA haben hier auch meine Wohnung und alles überprüft. Wie ist das möglich, wie haben sie das gemacht? Gemacht habe ich es, wie es ihre Kollegen auch gemacht hätten, warum sie nichts gefunden haben, es ist die neuste Generation, ich selbst habe sie entwickelt.

Wer zur Hölle sind sie für wen arbeiten
sie, verstehen sich mich nicht falsch, für
mich und ich denke für jeden hier sind sie
so was wie ein Held, aber man wird sie
anklagen, vermutlich wegen Mordes,
illegalem Waffenbesitz und verstoß gegen
das Kriegswaffengesetz, nicht zu
vergessen das illegale Abhören unserer
Kollegin platzte es aus Metzger heraus.
Wie können sie so entspannt hier sitzen,
fügte er noch hinzu!

Was soll ich sagen, ich habe meine Ziele
erreicht, ich habe meinen Neffen gerächt
und einer Person, die mir inzwischen ans
Herz gewachsen ist, das Leben gerettet
erwiderte Robert. Metzger und Stein
hatten schon bemerkt das Robert und
Isabel sich sehr sympathisch waren und es
tat ihnen deshalb umso mehr leid das
Robert sicher ins Gefängnis muss.

Darf ich telefonieren fragte Robert, ja sicher antwortete Stein, sollen wir ihnen einen Anwalt empfehlen fragte Stein? Nein, einen Anwalt brauche ich nicht. Sie haben sich sicher gefragt, woher ich die Waffe habe, ich kann nicht alles sagen, das Verstehen sie hoffentlich. Aber ich war, sagen wir einmal als technischer Berater für das Militär tätig, ich muss dort nun Bescheid sagen, dass ich nicht mehr zur Verfügung stehe. Sie kamen seiner Bitte gerne nach und ließen ihn sein Telefonat führen.

Kapitel 10

Die Ausnahme

Es war der Morgen nach der Verhaftung von Robert, sie mussten ihn heute dem Haftrichter vorführen. Sie waren gestern noch mit Robert in Isabels Wohnung, wo er ihnen zeigte wie und wo sie die übrigen Wanzen finden konnten, der Kriminaltechniker, der dabei war, hatte Augen wie ein Kind dessen größter Traum an Weihnachten erfüllt wurde. Er führte sie auch nach Reisenbach zur alten Kaserne und holten dort seine Ausrüstung ab. Sie erfuhren, dass er als 19-Jähriger im Jahr 1986 hierherkam und als Soldat des 34th Signal Battalion VII Corps seinen Dienst verübte.

Nun saßen sie da, sollten eigentlich Stolz sein, fühlten sich aber schlecht, weil sie einen Mann in Haft hatten der ihnen allen sehr sympathisch wahr. Sie tranken ihren Kaffee und sprachen über den Fall. Isabel sagte Stein, sie sollten den Richter fragen, ob sie mit ihm noch was essen dürfen, wir alle haben ja gemerkt, dass sie sich mögen und ich findet er hat sich das verdient. Metzger stimmte ihm zu und fügte hinzu wir werden alle ein gutes Wort für ihn einlegen.

9:00 Uhr sie brachten Robert zum Haftrichter. Der Haftrichter hörte sich in Ruhe alles an und sagte Herr Cushmann sie sind ein ehrlicher Mann, es widert mich an das ich sie in Haft nehmen lassen muss, aber ich bin an Gesetze gebunden, aber ich bin mir sicher man wird milde bei ihnen walten lassen. Er schaute zu Isabel und sagte gehen sie mit ihm noch etwas essen, es wird unter uns bleiben, bleibt es doch und alle im Raum nickten.

Robert fragte, ob sie ein Eis essen gehen könnten, gerne kam Isabel diesem Wunsch nach. Sie fuhren nach Mudau, gegenüber vom Rathaus gab es ein kleines Bistro mit Eiscafé. Sie unterhielten sich über frühere Zeiten, beide merkten sofort, wie sehr sie sich ähnelten, schnell waren sie auf die Sendetürme in Donebach gekommen. Robert verstand nicht, wie man so etwas machen konnte. Seiner Meinung nach müsste Mudau ein Museum zu diesem Thema besitzen. Die Sendetürme die technische Weltwunder waren, den Fernmeldeturm in Reisenbach und nicht zu vergessen die Radarforschung oder besser gesagt die Radar-Abwehrforschung für Flugzeuge und U-Boote unter der Leitung von Isolde Hausser, die zwar nur kurz aber immerhin einmal ihren Sitz in der Alten Schule, dem jetzigen Rathaus hatte. Isabel war beeindruckt von dem umfangreichen Wissen, das Robert hatte. Sie unterhielten sich auch über die vielen Gaststätten, die es früher hier gab. Zum Beispiel das Mudbachtal, alle nannten es nur den Knecht, die Zeiten in der Bar waren legendär und der Wirt ein echter Pfundskerl.

Sie verstanden sich super und die Zeit verflog viel zu schnell. Sie mussten aufbrechen, um Robert im Gefängnis abzuliefern, er musste in die JVA Mannheim.

Sie sticken ins Auto und Isabel gab ihm einen Kuss, sie versprach ihm das sie ihn besucht und das würde sie auch machen. Danach trafen sie sich mit Metzger und Stein und brachten ihn nach Mannheim.